I0548591

ye

3081

A

NAPOLÉON III

—————— ∿∿∿✸∿∿∿ ——————

PARIS

JULES LAISNÉ, LIBRAIRE-ÉDITEUR

Passage Véro-Dodat, 1.

—

1856

Hugelmann

Paris. — Imprimerie de DUBUISSON et Cᵉ, rue Coq-Héron, 5.

Sire, un de vos enfants, un de ces jeunes braves
Qui des volcans du Nord ont contenu les laves
Prêtes à ruisseler comme un torrent sur nous,
Au retour des combats s'est avancé vers vous. —
Certain qu'il suffisait, pour vous trouver propice,
De s'être sur la brèche offert en sacrifice,
De porter, souvenir de nos récents succès,
Poudreux d'hier encor, l'uniforme français;
Je m'étais adressé, de la terre étrangère
Où j'étais en exil, à ce soldat, mon frère,
Afin qu'il rappelât un jour à votre esprit
Que j'adorais la France et que j'étais proscrit,
Afin qu'à vos regards, touchante et noble ruse,
Des lauriers de Crimée il couronnât ma muse,
Et lui permît alors de pouvoir dignement
Réclamer son pays à l'Empereur clément. —
Il m'avait semblé beau, noble, grand, poétique,
De ne point confier à d'autres ma supplique,
D'en remettre le sort à cet humble soldat,

Devenu mon aîné sous la main du combat,
Comme tous les héros, ses compagnons de gloire,
Sont du siècle aujourd'hui les aînés dans l'histoire :
Tant que germe l'idée en un sang généreux ,
Avant d'être au savoir l'avenir est aux preux !
Il s'est donc avancé vers vous, Sire , mon frère. —
J'avais bien dit là-bas qu'aucune autre prière
Ne vaudrait près de vous la sienne en ce moment ;
Car vous avez été, comme Auguste, clément,
Et je savais déjà qu'on me rendait la France
Bien avant qu'il m'en eût envoyé l'espérance. —
Cet acte dans mon cœur aussitôt vous a fait
Une reconnaissance au niveau du bienfait :
Le pardon ne grandit que celui qui pardonne,
Quand celui qui l'accepte ainsi ne le couronne.
Mais il est, ô César ! pour tous deux aussi beau,
Si l'amour qu'il produit ne s'éteint qu'au tombeau ! —
La patrie ! — A ce mot , sur la terre étrangère,
Mon cœur se déchirait ; j'eusse trouvé légère ,
Douce, consolatrice, aimable, belle enfin
La mort, si cette mort eût pu mettre une fin
A cet exil affreux qui pesait sur mon âme,
Et si mon ombre avait, gardant assez de flamme,
Pu s'élancer le soir vers ce sol adoré,
Qui ne saura jamais combien je l'ai pleuré ! —
La patrie ! ah ! surtout lorsque cette patrie,
Phare du monde entier, du monde entier chérie,
Se nomme France , et donne à ceux qu'elle a bercés ,
De l'amour, du bonheur à les rendre insensés ,
Leur prodigue à foison des baisers qu'on jalouse,
Et de la gloire a fait leur éternelle épouse,
En obligeant la Vierge à conserver toujours
Les plis des trois couleurs pour lit de ses amours !
Mais pour que le pardon, terrassant la discorde,
Soit grand par qui l'accepte et grand par qui l'accorde,

Il faut que le proscrit reste dans le chemin
Où de la foi toujours sa main suivit la main;
Quel que soit son désir de revoir sa patrie,
Qu'il ne courbe sa tête, aux tourments aguerrie,
Que pour mieux obéir, dans sa sincérité,
A la voix de l'honneur et de la vérité;
Il faut qu'avant le sien, en pliant son épaule,
Il ait pris l'intérêt de son pays pour pôle,
Et dans le souverain, dont il devient l'enfant,
Reconnu l'envoyé du destin triomphant. —
Eh bien! Sire, je puis déclarer, à voix haute,
Que je n'ai point commis la faiblesse et la faute,
Pour combler mes désirs, d'oublier mon devoir,
Quand j'ai jeté vers vous mon dernier cri d'espoir.
Vous êtes l'envoyé qu'attendait ma patrie,
Lors de ces jours de deuil, où ma jeunesse aigrie
S'armait, et, dans le vide appelant un sauveur,
Se réveillait proscrite, un voile sur le cœur.
Je vous ai vu de loin vous élancer au faîte :
A chaque pas nouveau mon âme était en fête;
J'oubliais mon exil; j'oubliais mes tourments;
Vos doigts forts pétrissaient en féconds éléments
Les instincts de la France un instant égarée.
De joie en ce moment ma prunelle éclairée,
Voyait l'astre français dans les cieux resplendir,
Et Votre Majesté dans ses rayons grandir! —
Qui me démentira? — L'Europe tout entière
Est là pour témoigner, et, dans sa gloire altière,
La France, qui vous doit lauriers, richesse, amour,
Rien que par son aspect me confirme à son tour. —
Hélas! quand juin lançait ses foudres dans la nue;
Quand vaincus et vainqueurs, d'une idée inconnue
Baptisaient, au bruit sourd du canon mugissant,
Le fœtus anarchique avec des flots de sang;
Quand le sort à l'exil condamnait ma jeunesse;

Quand l'abîme entr'ouvert s'agrandissait sans cesse,
Sous les pas des tribuns qui m'avaient enchaîné;
Quand le peuple par eux, vers sa perte entraîné,
Détrônait de son cœur la croyance et la gloire,
Qu'était notre patrie aux regards de l'histoire? —
Parlez, ô notre armée, ô féconds travailleurs,
Artistes, écrivains, chantres des temps meilleurs,
Financiers, commerçants, âme et bras de la France,
Dont chaque nouveau soir détruisait l'espérance!
Dites-nous quel destin était le vôtre alors,
Quel souffle impitoyable annulait vos efforts,
Quel vent de trahison, d'impuissance et de crainte,
Dans nos sillons brûlés séchait la graine sainte;
Rappelez-vous ces temps de crainte et de malheur,
Où l'homme était sans pain, sans croyance et sans cœur,
Cette époque de doute et de tristesse accrue,
Cette foule sans but, dont le flot, dans la rue,
Grossissait menaçant, redoutable, irrité,
Terrible précurseur de la stérilité! —
La France était alors, ô honte déplorable!
La moins prépondérante et la plus misérable
Des seize nations de notre continent;
Son nom seul empêchait qu'un peuple entreprenant
Osât d'un dernier coup la pousser vers l'abîme;
Mais elle agonisait; mais un cancer intime
Lui rongeait lentement les poumons et le cœur;
Son drapeau, replié, d'un souvenir vainqueur
Essayait vainement de se gonfler encore :
La France n'avait plus à vivre qu'une aurore. —
Depuis que les destins, contre elle conjurés,
Avaient à leur cadran, de leurs coups mesurés,
Du moderne César marqué la fin sublime,
La patrie à grands pas courait vers un abîme.
Elle avait tout perdu : martyr prédestiné,
Pour le salut du monde à l'exil condamné,

L'impérial sauveur, mourant à Sainte-Hélène,
Avait seul, retrouvant sa volonté sereine,
Conçu le vaste plan de nous rendre nos droits ;
Mais, dispersés partout sous le courroux des rois,
Les symboles vivants de sa croyance aimée
Dans la proscription cachaient leur tête armée ! —
L'enfant, né souverain, ainsi qu'un pur flambeau,
S'était éteint ; l'Idée, aux ombres du tombeau,
Évangile sauveur, synthétisé sur l'onde,
Comme celle du Christ s'éloignait loin du monde,
Obéissant aux lois de la fatalité,
Qui n'accepte qu'un code ayant ressuscité. —
Plus rien ! plus de lauriers ! plus de fêtes splendides !
Plus d'unité ! plus d'âme et plus de fronts sans rides !
Plus d'amour de l'honneur ni d'amour du pays !
Plus de regrets amers pour nos lauriers trahis !
Le drapeau tricolore, oublié dans la poudre,
Veuf du sublime oiseau qui lui donna la foudre ;
Et tout autour du sol qui nous restait encor,
Se resserrant toujours, le cercle de la mort ! —
C'est en vain qu'essayant une orgueilleuse excuse,
On voudrait expliquer cette époque à ma muse :
On n'explique jamais aux inspirations
Le rouge qui ternit le front des nations ;
Et jamais le poète, interrogeant l'Histoire,
Ne confond à plaisir la honte avec la gloire.
Tout ce qui se faisait était factice alors ;
Un apôtre manquait ; et de tous les efforts
Tentés pour suppléer à l'épopée immense,
Il ne résultait rien, sinon de la démence.
Seuls, quelques écrivains ont, dans leur cœur aimant,
De notre gloire alors caché le talisman ;
C'est par elle qu'ils sont ; et s'ils règnent encore
Au nom de leur pays ; s'ils ont montré l'aurore
Après les nuits de deuil que Dieu nous imposa,

C'est par Napoléon que leur lèvre chanta. —
Interrogé par moi soudain, Hugo lui-même
Ne pourrait que répondre à cet appel suprême : —
Le nom de l'Empereur, encensé dans mes vers,
Tourna seul vers le mien les yeux de l'univers ! —
Oh ! que nous souffrions, enfants, près de nos mères,
Dès que nous comprenions ces vérités amères ;
Dès que nous nous sentions condamnés, au berceau,
A ne plus déployer ni vouloir, ni drapeau ;
Dès que, cherchant partout une croyance sainte,
Nous trouvions sous nos pas toute lumière éteinte. —
Comme après un grand vent, précurseur de la nuit,
Tout rayon lumineux se dissipe ou s'enfuit
Devant le char obscur de la royauté sombre ;
Devant le grand chaos, plein d'erreur et plein d'ombre,
Qui s'avançait vers nous et toujours augmentait,
Toute clarté d'amour fuyait ou s'éteignait ;
Sur nos fronts outragés, ainsi qu'un long suaire,
La nuit des temps jetait son manteau funéraire. —
Un vertige étonnant des jeunes s'empara,
Qui dans le désespoir bientôt les égara :
Désirant à tout prix que revécût la France,
On les vit de fureur nourrir leur espérance ;
Imiter les Titans, et contre le pouvoir,
Auteur de tant de maux, tourner leur désespoir. —
Sire, croyez-le bien, cette jeunesse ardente
Par générosité fut toujours imprudente ;
Et quand de l'anarchie elle attisait les feux,
Le bonheur de la France animait seul ses vœux. —
Mais le mal triomphant poussait cette jeunesse,
Égarait ses élans, trahissait sa tendresse,
Prenait pour marchepied ses efforts généreux ;
Puis, quand elle avait bien, sur les pavés poudreux,
Offert son noble sang aux veines de la France,
Il soufffletait soudain sa sublime espérance,

N'élevant, sur les corps des martyrs entassés,
Qu'un héritier nouveau des attentats passés. —
Le peuple, plein d'amour, était trompé de même.
Il essayait aussi, dans un élan suprême,
De retrouver la vie, et la gloire, et le beau :
Sa main, qu'on égarait, ne creusait qu'un tombeau. —
Aux hontes du dehors, à son indifférence,
Au deuil de ses drapeaux s'ajoutait, pour la France,
La discorde civile aux caprices sanglants,
Dont un hasard fatal dirigeait les élans. —
Le destin à la mort vouait notre patrie.
Tournant vers elle alors ma pensée attendrie,
Je voyais, chaque jour, du noir péril accru
Ses pas se rapprocher, quand vous avez paru! —
De l'Idée au tombeau vous étiez le symbole :
Et vous n'avez manqué jamais à votre rôle :
Désigné par le nom, par le sang désigné,
Vous étiez demeuré sévère et résigné,
L'Homme foi, l'Homme esprit, l'Homme froid qui contemple ;
Et quand le scepticisme, au tentateur exemple,
Cherchait à vous gagner, vous n'abandonniez pas
La route impériale où Dieu guidait vos pas. —
Insensés! nous doutions.... Et sur nous tous, ô Sire !
Votre front s'éclairait de la foi qui l'inspire;
Calme, vous promeniez vos yeux fiers et constants ;
Nous disions : Que fait-il? — quand vous disiez : — J'attends!
L'heure sonna! — Les temps, en se donnant à l'Homme,
S'offrirent à l'idée, et, sortant du long somme
Qu'elle avait fait hier, au sein d'un rêve affreux,
La France vous serra sur son sein généreux. —
Alors, dans l'univers il se fit un silence ;
Le mal que sur nos fronts le courroux de Dieu lance
Haletant, stupéfait, voulut douter encor,
Chacun se demanda si l'aigle, aux ailes d'or,
En volant de nouveau sur la moderne Rome,

Pour animer son vol aurait un souffle d'homme. —
Le mal n'a plus d'espoir; l'univers a jugé;
L'Occident, à la fois par l'aigle protégé
Contre le Nord puissant, et guidé par son aile
Vers le bel horizon où le bonheur l'appelle,
Ne se demande plus si le céleste oiseau
A le souffle d'un homme au sein de son cerveau. —
Les temps sont revenus d'allégresse et de gloire;
La France au premier rang se présente à l'histoire;
Ses soldats ont vaincu; son commerce, partout,
Puissant transformateur, sur le monde est debout;
Le peuple a du travail; la main de l'industrie
Féconde à chaque instant les flancs de la patrie;
L'or en flots abondants ruisselle sur son sein;
Des artistes heureux le magnifique essaim
Répand le miel de l'art sur le sol de la France;
L'orgueil est sur les fronts qu'éclaircit l'espérance.
Satisfaits seulement d'en être les vainqueurs,
Nous accordons la paix à nos provocateurs;
Et devenus encor les arbitres du monde,
Nous sommes triomphants sur la terre et sur l'onde. —
Paris transfiguré ne se reconnaît plus :
Cette cité d'hier, dont les membres perclus
Ne puisaient à son cœur le sang pur qu'avec peine,
Maintenant, ô César! l'aspire à pleine haleine,
Au soleil rédempteur qui sur son front a lui,
Les mortelles vapeurs devant l'air pur ont fui.
Des monuments partout jaillissent de la terre;
Deux cent mille artisans forgent dans son cratère
Le fer, l'or et le bronze attendus par sa main
Pour parer à nos yeux sa poitrine demain;
Et la pierre, en dentelle avec amour taillée,
Couvre nos monuments de sa chair travaillée,
Ce qui fait qu'on s'écrie, en voyant tout cela :
Dieu, le grand architecte, a son envoyé là! —

Quel est l'audacieux, fût-il votre adversaire,
Sire, qui, dans Paris, quand la ville s'éclaire,
A ces mille splendeurs demeure indifférent,
Ou ne dit point tout bas : L'homme qui règne est grand ! —
Quel est l'audacieux qui, longeant votre Louvre,
Devant lui, stupéfait, soudain ne se découvre,
Ou n'admire en passant nos hardis étendards
Flottants sur ce palais de la gloire et des arts ? —
Dans cette capitale ainsi transfigurée,
Sous votre main puissante, aux combats préparée,
L'Europe a réuni son moderne congrès :
Paris est devenu l'Église du progrès !
Arbitre souverain des destins de la terre,
Vous ne cherchez pas, Sire, à laisser le cratère
Vomir la flamme encore au sein des continents ;
Mais partout les gosiers de vos bronzes tonnants
Sont ouverts, prêts sans cesse à rugir dans l'espace,
Si de nous provoquer quelqu'un nourrit l'audace. —
Sur toutes les cités notre fier pavillon
S'agite respecté ; nulle part un bâillon
De nos ambassadeurs ne vient fermer la bouche :
Paix à qui les comprend, malheur à qui les touche ! —
Le peuple est devenu le banquier de l'État ;
C'est lui qui du grand-livre a doublé le format,
Et peut le quadrupler, s'il le faut, pour la guerre. —
L'ouvrier qui chômait, et ne pouvait naguère
De l'atroce famine affronter les horreurs,
Vient, depuis deux hivers, d'en braver les terreurs. —
De Dunkerque à Marseille et de Bordeaux au Rhône,
La féconde vapeur fait au travail un trône ;
Les veines du pays sont pleines d'un sang pur ;
Les champs fertilisés verdissent sous l'azur ;
La transformation sur plus de trois cents villes
Plane et rend à leur gré des miracles faciles ;
Il n'est point un village où votre œil n'ait plongé ;

Qui, selon ses besoins, n'ait été protégé. —
Rappellerai-je ici que pendant que nos aigles
Des Russes terrassés courbaient là-bas les seigles,
Se reposant le soir sur des remparts fumants,
L'univers confiait les nombreux éléments
De son agriculture et de son industrie,
Des arts, de son commerce, à la France attendrie,
Qui pouvait à la fois verser au loin son sang,
Et construire à la paix un temple éblouissant? —
Dirai-je qu'à Paris la reine d'Angleterre
Vint pour vous saluer, en étonnant la terre,
Comme vint autrefois saluer Salomon
La reine de Saba, qu'éblouissait son nom? —
Dirai-je que l'enfant du martyr de Novare,
Meurtri, mais non courbé par le destin avare,
Aux yeux du monde entier dans vos bras se jetant,
Vous fit, au nom du Sud, un hommage éclatant? —
Les airs sont pleins encor des vivats de la foule.
Chez les infortunés, ainsi qu'un fleuve, roule,
En torrents de bienfaits, votre or fécond toujours.
Dans son vaste tombeau, colosse des grands jours
Et des grands souvenirs, l'homme de Sainte-Hélène
Tressaille de bonheur, lui qui n'eut point de haine,
En vous voyant venger sa chute et sa douleur
Par le noble pardon que médita son cœur. —
Toutes les nations que quelque mal afflige
Dans l'Évangile saint de votre oncle, ô prodige!
Cherchent en ce moment un remède, et vers vous,
Tendent leurs bras tremblants. Vos ennemis jaloux
Voient le terrain manquer sous leurs pas en Europe;
Dans l'oubli, leur linceul, chacun d'eux s'enveloppe. —
Voilà ce qu'est la France et ce que nous étions,
O clément Empereur! quand nous vous combattions :
L'ombre a fui; le soleil à l'horizon s'élance. —
Ah! vous êtes vraiment le sauveur de la France! —

Sire, voilà pourquoi, proscrit et convaincu,
Je me déclare enfin ouvertement vaincu ;
Sire, voilà pourquoi j'ai d'Espagne à mon frère,
Sur l'aile de ma muse, envoyé ma prière ;
Sire, voilà pourquoi j'ai fait un long trajet,
Prêt à mettre à vos pieds mon amour de sujet.
Devant la France riche et par vous glorieuse,
Ma lyre rend hommage à votre étoile heureuse ;
Car je mets mon orgueil a chanter hautement
Tout homme qui sur terre est de Dieu l'instrument. —
Sire, un seul mot encore, — et je trace en ces rimes
Le rôle des proscrits, dont vos travaux sublimes
Ont reconquis l'amour et l'admiration.
Je le veux, pour prouver à la proscription
Qu'il est mal d'attiser le foyer de la haine,
Quand la France par vous marche et redevient reine ;
Que le faire aujourd'hui, c'est n'être point Français,
Mais offrir à l'envie un criminel accès,
Et dans un sombre but de stupide égoïsme,
Étouffer les accents du vrai patriotisme. —
La veuve jeune et belle est libre de choisir
Le nouveau défenseur qui devra la chérir ;
C'est son droit et souvent son devoir de le faire. —
Les fils du premier lit, loin de la satisfaire,
En approuvant le choix qu'a fait sa volonté,
S'opposent bien souvent à l'hymen projeté.
Ils le font quelquefois, craignant qu'on ne l'abuse,
Donnant à leur refus leur amour pour excuse,
Si leur mère persiste, ils s'en vont ; mais plus tard,
Quand l'époux a prouvé, noblement et sans fard,
Qu'il est le digne appui de sa compagne fière,
C'est à qui d'entre tous l'acceptera pour père ;
Et nul d'eux ne croirait pouvoir lui disputer,
Sans être injuste, un nom qu'il a su mériter. —
La France, veuve hier, jeune, triste, mais belle,

Sire, vous a choisi. — Plus d'un enfant rebelle
A ce vœu de sa mère, et pour elle craignant,
S'éleva contre vous sur le pavé saignant,
Puis quand elle eut posé sa droite dans la vôtre,
D'un inconnu douteux voulut rester apôtre. —
Si, vraiment par amour pour la France aux abois,
Il craignait un hymen pouvant changer ses lois,
Aujourd'hui que par vous elle est heureuse et grande,
Cet enfant doit sentir son cœur qui lui commande
De reconnaître en vous l'époux prédestiné,
De reporter vers vous son regard détourné,
De vous remercier du bonheur de sa mère,
Et de vous saluer du noble nom de père. —
Ceux qui font autrement ne sont point, j'en suis sûr,
Fils désintéressés de la France. Il est dur,
Quand on les voit souffrir, de ne pouvoir les plaindre;
Mais avant leur orgueil, dont on a tout à craindre,
Le bonheur de leur mère, ô César! doit passer:
Or, quand d'un simple mot ils pouvaient effacer
La honte du pays, qu'ont-ils fait pour la France? —
Rien! sinon mériter leur future souffrance,
En refusant aux pleurs ce pardon noble et doux
Qu'ils seront condamnés à recevoir de vous! —
Mais d'où viennent ces bruits? Là-bas, aux Invalides,
Le vieux bronze frémit sur ses affûts solides:
La fille des Guzmans, les deux mains sur le cœur,
Vient déjà de pousser peut-être un cri vainqueur. —
Allez, Sire, oubliant ces rimes fugitives. —
Avant que de la Seine abandonnant les rives,
Je retourne embrasser le mien que j'ai quitté,
Vous aurez un enfant, et je l'aurai chanté
Comme le barde ému, qu'attendrit une aurore
Chante du vert laurier la fleur qui vient d'éclore.

GABRIEL KOENIGSMANN.

8 mars 1856.

Paris. — Impr. de Dubuisson et C.e, rue Coq-Héron, 5.

45

www.ingramcontent.com/pod-product-compliance
Lightning Source LLC
Chambersburg PA
CBHW061507170626
46811CB00004B/1645